邓名 陈琪 著

生活·讀書·新知 三联书店 生活書店 出版有限公司

图书在版编目（CIP）数据

二人集 / 邓名，陈琪著. -- 北京：生活书店出版有限公司，2014.12
ISBN 978-7-80768-071-0

Ⅰ. ①二… Ⅱ. ①邓… ②陈… Ⅲ. ①诗集－中国－当代 Ⅳ. ①I227

中国版本图书馆CIP数据核字（2014）第274123号

责任编辑　罗少强　石　头
装帧设计　罗　洪
责任印制　常宁强
出版发行　**生活書店出版有限公司**
（北京市东城区美术馆东街22号）
邮　　编　100010
印　　刷　北京隆昌伟业印刷有限公司
版　　次　2014年12月北京第1版
2014年12月北京第1次印刷
开　　本　787毫米×1092毫米　1/32　印张2.5
字　　数　22.8千字
定　　价　45.00元
（印装查询：010-64002717；邮购查询：010-84010542）

作者简介

邓名，名匡林，一九六五年生，企业工作者。曾从事共青团工作，当过教师。现为贵州大学客座教授、贵州省青联常委、贵州省青年企业家协会副会长。

陈琪，名国强，一九六六年生，公务员，曾从事公安、政协工作。

二人集

楔子

看山还是山，出这本集子是纪念友情的。

一九八三年夏夜，雨打树叶声中，我和陈琪互挑了对方十首小诗，自配了插图，凑成《二人集》，请朋友呈健写了“序”。郁达读后，引发灵感，写了《论诗》一文。其实当时，诗集并不具备出版条件，完全是青春的创作冲动，那是一种自然流淌的欢欣。

后来，《二人集》一搁就是十六年。

十六年亦是世事沧桑。陈琪几经周折，还留在当地；郁达不久便调走；呈健与我先后“下海”，分别到了珠海和北京。各自融入了红尘攘攘的修炼过程中，体验着人生事功的沉寂与升腾。现在看来，功利是非被时间和境界滤掉后，沉淀下来的，就是当年浓浓的友情了。今夜也有细雨，斜风阵阵吹来，在凉凉的灯光下，心中却充盈温暖的友情。都正值壮年慷慨高歌之际，天各一方的朋友们，是否修得圆融无碍了？

禅语录开示说：“三十年后看山还是山，看水还是水。”说的是一种胸襟和境界。而出这本集子的心境，亦是对这样的胸襟和境界的聆听与贴近。

二〇〇三年元月十五日　匡林于灯下

代序

现在论诗，都忌讳说直，尤其是论别人的诗。

我看，如果真的“直”了，就不算犯这个“忌”。

《二人集》的作者是邓名、陈琪。

为他们的诗写序，不是偶然。

读诗，讲究真觉和精神的贴近。“贴近”即使是逐渐的，也有益。这一点，读阿名、阿琪的诗，表现得明显。

从感知《二人集》的现代意识开始，我

们仍然可以撕掉一切“中介”，直观地把握到心灵的情绪的主题；并且，从每一件作品的形式、手法中寻找构成“诗”的本体的东西。从艺术的唯美意思上说，这些“东西”如同幸福的小孩，徜徉在流溢的净水中。在整本诗集里，若隐若现的“本体意识”是一幅一幅东方人的风景和印象。以及自然的年轻精神。这样说也许抽象和托大，然而我们已经翻开《二人集》的第一页，一切都会变得具体、优美了。

正如博厄斯所说：“没有一个十六岁以上的人会仅仅为了诗歌所讲的意思去读诗。”

这段话有道理，但不是全部。因为，在艺术的对面坐着，不管你说得多么地道有味，感受到的与艺术品总会有一定的距离。谈诗和读诗后自言自语的情景，是不是也如此呢？我想是的。在这里，但愿《二人集》的作者和读者，达成默契。

一九八六年十月二十六日　老健于半道斋

目录

二人集

二人集

奴隶

集市上热闹非凡

鸡鸭锁在笼子里也觉得新奇

老农眉开眼笑，生意兴隆

竹篮也心满意足，在主妇的手臂里

扭着丰满的腰肢

贫气站在远处画速写，不屑一顾

1984 年 11 月

夜

蝈蝈的歌
翻动树林的寂寞
深蓝的梦
游移着脚步
想去追逐那团淡黄

小草正悄悄地希望

明天的太阳

早早出来

将它珍藏的露珠

擦亮

1985 年 12 月

路遇

在春天

我们邂逅相遇

只隔一条街

和街心的鸽群

你微微地笑

像一个孩子

从山野里拾起一块

白色的梦

露出惊喜

于是，我记起夏日

一个翩跹的黄昏

那风 那云

含起一个裙带的惊喜

1984 年 8 月

红点

最终还是没忘记
直到我们
把偌大雪地上的红点
忽视

现在想起
我们模模糊糊地认识
你在对面祈祷
还有手安静地摆弄的
红裙子
脸上没有密布的冬天
只是怕再也哭不出声

我们怎样一直笨重地爱着

森林也收割红色的时候

像童话般奇妙

我们被静静地完成

也许什么都不因为

在好多红尾巴的萤虫中

我们正在失落

很多秘密

也不会幸福地想起

我们变得模糊的样子

1985 年 8 月

二人集

想

街灯

凝固了飞雪 和

我的眼

我让未曾凝固的思绪

去扯动

粉红色的甜蜜

1985 年元月

别询问

别询问

让云朵也有一丝不安

大海一样的等待

请别询问

忧虑有安静的角落

雨天一样的

就从这条小巷口走吧

不要回头

别询问

1986 年 7 月

无题

自从白鸽滑进曲线
我就揣着淡色的恐慌
相遇只是一个误会
只是一个
小船靠上了忧郁
不再是为好奇

“夜不是黑色”
你托起橘红的安慰
我想把星星的光环
别上你的黑发
带着久远的天真

虽然 相爱

是一片温香的绿源

为了夕光里的笑

不再挂起泪珠

我们将会远远地告别

远远地

你不会再问

“黑眼睛不会滑落吗？”

难过了眼睛

心没有生长

1984 年 8 月

无题

走出小屋
我是一个
流连太阳的人

我也有低头的时候
在我的黄土地上走着
我想起了母亲，回过头
童年在影子里

只有童年是明朗的

走了那么远

我看不清，只有

小屋上的太阳

影子却像一个老人

1984 年 9 月

二人集

昨天的

一

从昨天的
梦 煮碎了重影
飘悬的毛雨点
不再从夏季漫延

在前方
一道弯弯的墙

二

一切都从昨天
划成一条细线

温馨是属于我的

是属于夏夜暖暖的琶音

我却从此走向路口

在前方回顾

三

沉默成为久远

消失了淡黄的山歌

银河多了一条小道

从冷静的山路中定格

一颗星

遥遥

四

就是一声“再见”

我走向流云的月光

一个静夜

一个烦人的等待

悠长

1986年3月

日子

一

夜忘记了规矩

开始长长的走动

走了很远

大气始终沉默着

她能理解求索的日子

从那一天

海不再梦中安静

我想用来定格的镜头

分解沙滩的往事

沙滩的往事

生长许多椰林

……

二

冰河不再成为幻梦

不再成为河流的颂歌

小诗的形象从那天起

染成孤寂的音乐

你拥有一块颜色

能继续探询吗

我懂了你的心

于是我走了

所有生长的忧郁

成为数不清的日子

我带走了长笛

向沙滩　向你

远远地低头告别

慰藉了许多孤星

银河是长久的忍耐

……

三

我想起了山歌

和童话中走出的日子

昨日的沉重抬着头

知道了长夜的孤寂

南行了许多孤雁
心忽略了空间

从寂寞走向寂寞
大地始终沉默着
求索者的构图
是她理解的日子

1985年12月

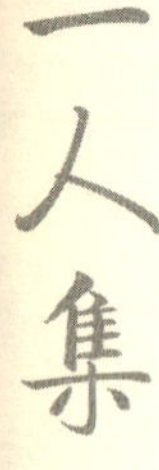
二人集

赠人

一

驱远了水鸟

我唱歌……

云凝固成冰山

没有忘记梦

那梦

是一角红帆……

二

在梦海中

我清楚了星星的话

你应该含笑

礼物是赠你的

明天

为了一绺柔发

三

我喜欢湖

湖是温柔的和弦

如果倦了书
就走向你吧

我很想
听你的语声

四

沉淀了很久
心只有绿森林

还有一支歌
带着湿意

1985 年 10 月

海边肖像

一

无法想象得出

岁月怎样终止

梦也动荡不定

心灵的小窗常开

更难忘她从不拒绝

海子每缕熨帖的阳光

二

我不规矩地爱着

面对陌生的询视

我的嘴唇从不拘谨却很稚拙

请不要美丽地把眼睛合上

让默想轻抚千万个归来

手心握上手心不轻易

三

总是

我们不一样

有一天红珊瑚和水母都像蜜饯

我们会变得相像

四

海边不只是难过

1985 年 8 月

往事

如果白云倦了
不想再走
让风卷起你的行装
走向椰林

云朵的相思犹豫了
今夜
躺在星光下思索
月亮拾起红披风
敲不开
漠然冰硬的窗门

默默地走吧

遗忘掉

风风雨雨的叹息

不要担心

孤寂的书

和书中泡胀的忧郁

1985 年 4 月

边缘

一

只是到了边缘

听不到七岁的对话
想过无数和一个
在嗫嚅的图案上
你无法找寻

二

像树边忍耐的形象
像雨中驳杂的造型
伸出细指含进两片嘴唇

红马车滑过路口

三

只是到了边缘

再没有优美的注视

几支呼哨起落

盖过沙滩的黑灌木

等待负伤的来临

四

只是到了边缘

你无法找寻

1986 年 7 月

主题

一

不再从梦河里

捡起星星

很多话

忘记了走动

雪地上没有红衣滑翔

故事从北方来

很低沉地

挂上淡色的冰凌

从纤夫的古道中

向南方来……

二

南方渔夫的歌
不再为唱满黑夜
日暮的恍惚中
走着残缺的图案
浸湿了历史的荒凉

在大地的摇篮里
动荡着苍老的主题
深褐色的思虑
从大海的眼里
游弋起白色的忧伤
很久……很长……

三

大地竖起的舵

没有更多地回顾

溅上血泪的天真

只在自己的瞳孔里

挂上三角彩帆

扯动蓝天的白发

信开始很厚了

从北方的河中

夹着冰碴

向南方来……

四

G 调的孕育中

大地是深厚的

有性格的青年人

揣起一半荒凉的记忆

用历史的舵

结构现代的建筑

没有忘记星星

悠长的渔歌

和大地中埋藏的主题

1985 年 9 月

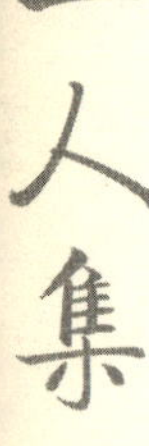

情景

人墙堆了很厚
像杂乱的家什

一片黑压压中
我想走动

有人静静地侧过脸去
总想藏住另一半

我开始猜谜似的走动

1986 年 7 月

二人集

冰海畅想

一

似乎还是第一次

不像梦海在交迭

银角不稳定地闪烁

冰床上总有红须的灯

黎明在故事的结尾

感到温暖

海石花用瞑眼期待着

脸上渐渐留下幸福的红晕

二

岁月集合了很多的形象

一动不动

眼睛被湿润

自然的号子奏出

无法健忘

三

只有七月震响

这隐约的岸

天空没有折痕

像舒展的陶具

阳光像发缕延伸

透过冰纹的历史

心没有猜忌

1985 年 9 月

无题

一

以一次胆怯的探询

橘灯别在耳畔

以一个亲切的弯身

夜等来了很多小肩

有无数个优美的临近

梦堆开了无边无际

偶尔只写下了红晕的年纪

烛光像重新生长的睫毛

假如我们不是粗心

我们也会忘掉

那一刻的不安

二

一片淡绿的苇子

风襟被解开

在捉摸不定的水上

夏天暴露了很多红尾巴

留下一个等盼在树边

转过静默的身子

那块红手巾像一句没听清的话

真的

没有谁

能叫出我们的名字

三

说不出你一瞬静止的注目

竟如十年一样古老

密集的桅杆伸开了误会的形象

你的脸憋得通红

如果我不知道

我的海在那里

你总会把手舒展

所有的海是一些延伸的缝隙

假如没有你

假如没有我

我们不知道

1986 年 1 月

小天鹅和冬天

一

热烈的夏季

一定被她收藏

白羽绒悄悄地伸开

整座森林开始浮动

去年不是这样

那第三棵雏树

挡住了优美的视线

二

听到雪橇碎地的声音

告诉我们

什么时候可以动身

到十七岁的新居拜访

我们想了很久

就像萤火映红了冰纹

十分漂亮

三

星星样的彩斑在淤积

不要作慌张的偷视

冬天静静地垂下湿润的眼睑

我们总像静物

四

那里有很多白羽绒的温床

怕冷的黎明拱动时

还听不到海滩的潮响
我们不是温情的王子
不会在黄昏成长

五

把可爱的视野收拢
我们仍感到温暖
伙伴们驻足
说等待会是一片模糊
假如以一千种恐惧
向南方

1985 年 9 月

六月桥

六月桥 是夏天的桥
在童话的夜 和故事的夜里
她有许多娃娃脸

它是蝉噪时 从绿森林里来的
它躺在小河上 用松香的话
招呼我们

后来 我们很熟了
就常倚着它 听流水的歌

和老人的故事

秋天 我们离开小村了

总想着它 我知道

我很喜欢它

六月桥 是夏天的桥

它所有的日子里 最喜欢娃娃脸

1985 年 6 月

二人集

论诗

阿达

一

即使以最苛刻的眼光来界定文学，诗也应毫无异议地包括里面。这是因为较之小说或戏剧，诗可能更为严谨，更为纯粹，更为精微。“诗”甚至可以说是一切纯文学或纯艺术所不能缺少的一种特质——就像水对于生命来说是不能缺少的元素一样。肖邦绮丽、柔美的夜曲第八首（D 大调 OP21、Nr2）和柯罗田园牧歌式的《摩特枫丹的回忆》都向我们说明了这一点。

二

“纯诗事实上是从观察推断出来的一种虚构的东西”（保尔·瓦雷里：《纯诗：一次讲演的札记》）。保尔·瓦雷里的意思是说，所谓“纯诗”也不过是嵌在诗的花园中的一两颗宝石。

当然这样精巧的比喻也还未把“纯”的深层语义说清楚。就语义上说，“纯”包含了时间和空间的多层意义，它本身也是歧义的，不能界定的。种种使语言形式精确化或程序化的努力，在科学上虽说是意义重大，但在“诗”的领域中来讲却是缺乏常识的。诗人作诗的时候并不考虑他的诗“纯或不纯”，他只是写而已。这个观点当然也适用于我们关于诗的本性思考。

三

至今，我们关于梦境美感的认识和研究的深入，都应归功于弗洛伊德的伟大发现。达利的画布上就充满了那些乔装打扮，深夜偷偷潜出意识之门的被禁锢已久的幻象和幽灵。就不可知的神秘这点来讲，诗的境界与梦的境界非常相似。在《奥义书》或《旧约全书》中，先知们用以和上帝交谈的语言都像“诗”一样的优美而富于魅力，也许说是一种魔力更为妥切。《楚辞・九歌》中的那个无处不在的“我”就兼有“灵”和“巫”的双重人格。这就像南太平洋复活节岛上那些奇形怪状、庄严神秘的石雕：它在使我们的内心受到震撼的一刹那间，像电流一样地沟通了金黄色的洪荒远古和绿色的电子时代……

四

把诗看作“创造性的摹仿”，是一种早期的朴素物质主义观点。这种观点把诗的概念放得过于宽泛。诗的世界实际上就是我们内心生活的真实。诗是创造而不是模仿，它的本性就在于其审美价值不可能也不应该到它自身之处去寻找，灵与肉、动与静、有与无、生与死、美与丑、我与超我之间的对立与调和，展示了人心海洋丰富多彩、千变万化的真实。其中有李白、苏轼的青春浩气；芭蕉、一茶的空谷清音；也有艾略特的荒原号哭和阿赫玛托娃的行板如歌……

五

一个美丽的长发披离的魔鬼慢慢地消失在金色的阳光和白色的窗栅之中，这就是我读艾伦·金斯堡的长诗《祈祷》中那位牵肠挂肚的犹太母亲的告诫时所感到的。诗中的“吸毒、阳光、窗栅、钥匙”都是隐喻或符号，别人当然也可以从中想到“恶心”、“荒野之死”、“爆炸”或是别的什么。可想感觉的移入形式非常之多且极富“个性色彩”。结构的崩溃异常迅速：这种变革是深刻的本质的。自惠特曼以来，现代诗对语言形式的歪曲、嘲弄和反拔已将所谓“现代主义”推向它的极致，这样来看，诗的未来指向倒是不容悲观的，通过净化、澄清，诗很有可能重新返归于质朴、单纯、真诚的生命原点。

六

这本《二人集》体现的观念上的某种含混，多少让人有些费解。

但倘只用眼睛去读诗的话，就很难说是否真的得了“作者之用心”。

诗人本身并不企图对审美对象作出合理的解答，他们只是写而已。

过于理智性的接受态度抹杀了“白日梦”带来的“一个裙带的惊喜”(《二人集·路遇》)，

面读诗这一接受过程就不能没有“惊喜”。

所以，本文谈论的对象尽管是“诗”，但具体的评论是多余的。

你有一双心灵的窗户，自己感受去吧。

七

一个人溯江而上，去杀死一个“疯子”，可当他抵达终点的时候，却看到了自己的另一副面孔：“疯子”——电影《现代启示录》从约瑟夫·康拉德《黑暗的心》里沿用的这个框架颇富哲理。在某种意义上可以说，它和我们对于诗的本性的探索是同构的，诗人从内心走出来，我们从外界走进去。关于这点我不想详细评述，只需要指出，这一探索过程的两面神魅力就足以让人深思了。诗人经过浪漫派的阳光和印象化的海洋，最终找回了自己……这又是一个“骑驴找驴”的寓言故事了，留着我们以后讲吧。

八

我很喜欢这样的诗句：

从寂寞走向寂寞/大地始终沉默着/求索者的构图/是她理解的日子

——《二人集·日子》

读一首好诗，能使人如面对明镜，觉得内与外都变得清明洁净了。

——席慕蓉

的确，无论是从外到内，还是从内到外的“觉悟”，它所升华到的都是应该有这样一种“清洁明净”的境界。这或许就是“道”的精神？

我的话写完了。

阿达于一九八六年十月二十一日

再改于笔山书院

后记 · 旧梦重温

打开曾集结的《二人集》，一看时间，是零三年，才恍然时间如水，转眼又过了十余年。

今年经友人介绍，与三联书店取得联系，他们同意将《二人集》正式出版。三联是我心目中的图书圣地，有书香醇厚之风，本书能由三联生活书店出版，内心甚为感慰。诗集即将付梓，心里常涌上莫名的悸动；重翻诗集，往事历历在目，如同旧梦重温。

今年上海的冬天来得温暖，小雪节气已过，仍然阳光明媚、温暖如春。偶尔的雨水，权且当作点缀，赋予冬日水流自然的江南韵味。

翻开诗集，一首首小诗勾起我一段段情绪。

街灯

凝固了飞雪 和

我的眼

我让未曾凝固的思绪

去扯动

粉红色的甜蜜

那个凝固着街灯和风雪的少年，是否今天还有梦？

走出小屋

我是一个

流连太阳的人

青年的他走出了小屋，步入了滚滚红尘；

人情世故练达之后，又是否寂然归去？

最后的诗是《六月桥》。

六月桥
是夏天的桥
它所有的日子里
最喜欢娃娃脸

娃娃脸的童真即为赤子之心的自然流淌。大自然的六月桥与赤子之心的最终契合，应该是诗集中孕化的缤纷心路归程。

《二人集》之诗，几乎都写在 1984-1986 年间。三年的纯粹诗境，堆积了心灵的嫩绿和青春激荡。心灵激荡的结果是与《二人集》有缘的朋友走出了大山，四海为家。据说阿达已到云南，成了著名的艺术理论家兼策展人；邓名安家于浦江上海；呈健举家迁到珠海；陈琪出走后又回归，最终是找到了故乡的安逸。青年时的朋友，现在天各一方。

想到当年的“三米斋”、“青春楼”、“燕处居”，挚友的诗文唱和与围炉手谈，心里是暖暖的感动。而今人生旅程已过半，朋友有增亦有减。但青春时光中的友人和故事，成了在心灵深处的风景，储存在一生最珍贵的记忆之中。

在温柔如春的阳光下，偶一翻检诗集与回忆，享受的是心灵的净化之旅，真实而温馨。

是为后记。

二〇一四年十一月二十六日

匡林于沪上寓所